Os Caçadores da Desolação

Sumário

Companach

Capítulo 0: Prólogo

Durante uma das revoluções armadas, nos anos de 1.200 D.C, houve em *Irialith* um dos mais graves invernos já registrados em toda a história. O ciclo de nações da pólvora, que eram assim chamadas as nações que adotaram as armas de fogo como principal base para economia e tecnologia, começaram uma guerra parar ter domínio comercial e militar sobre o território da antiga nação.

A nação nórdica, por causa destas crises, teve muitas de suas cidades abandonadas e maior parte da sua população emigrou para as colônias de *Takamura*, uma terra distante do continente, que até então era sua aliada. Ficaram em *Irialith* os cientistas da nação, estudando o fenômeno climático, caçadores nacionalistas, que não quiseram abandonar seu país e invasores estrangeiros, de outras nações, que aproveitando a situação, passaram a saquear as cidades nórdicas, assaltar suas bases, roubar suas pesquisas e espionar suas terras.

Esta é a historia de uma família de caçadores nacionalistas, que sobreviveram neste período obscuro do país.

Capítulo 01: A floresta de Sealg de Madaidhean-allaidh

Grannd e ***Seumas Morganach***, pai e filho, caçador e aprendiz, invadiram o território de *Sealg de Madaidhean-allaidh*, que era dominado pelo clã de *Camran*, que habitava nas ruínas de *Torn-Gerem*, em busca de um cervo que eles caçavam há alguns dias. Os dois estavam violando o tratado de livre território, que dizia que cada comunidade de sobreviventes tinha o direito de assegurar para si o território necessário para sua sobrevivência e subsistência.

Grannd conseguiu localizar e perseguir o cervo até uma clareira, onde rapidamente o matou com seu rifle e coletou todos os recursos que pôde da carcaça. Mas os lobos de caça de *Camran* haviam farejado o cheiro da carcaça e estavam levando seus mestres no encalço do pai e do filho.

Vendo que estavam sendo perseguidos por outros caçadores, ***Grannd*** e ***Seumas*** tomaram o espólio do animal, o que conseguiram carregar e fugiram por um vale em meio à floresta. Sem muitas escolhas, ambos esconderam-se em uma cabana abandonada e rapidamente se trancafiaram nela.

Capítulo 02: Grannd e Seumas I

Enquanto estavam trancafiados dentro da cabana, ambos conversavam:

Seumas (indignado): Eu estou cansado de correr como um cachorro!

Grannd (pensativo): Um cachorro não é mais forte do que um lobo, ou do que um rifle de um caçador garoto!

Seumas (indignado): Estes malditos cães de *Camran*, por que não os matamos no dia da grande assembléia?!

Grannd (pensativo): Na grande assembleia?! Eu acho que sua mãe deu a luz a um imbecil, se fizéssemos algo naquele dia, qualquer um de nós, toda a nossa família morreria, o governo teria nos matado!

Seumas (indignado): Não teriam se nós tivéssemos nos unido aos rebeldes, *Tarsainn Nathair*, eles teriam nos posto em uma condição melhor do que esta. Não estaríamos sendo caçados por lobos!

Grannd (pensativo): Tivemos sorte garoto, *Archadia* estava prestes a destruir

Tarsainn, mas a grande questão dos refugiados surgiu. *Tarsainn* foi deixada de lado.

Seumas (indiferente): Não importa velhote, agora eles estão se aproveitando dos espólios das cidades perto da fronteira, nós deveríamos estar lá!

(**Grannd** estapeia **Seumas**)

Grannd (raiva): Cale a boca **Seumas**! Se não eu mesmo te lançarei aos lobos!

Seumas (indignado): Dane-se você também velho, vou embora daqui!

(**Seumas** corre e sai pela porta dos fundos da cabana)

Grannd (raiva): **Seumas**!

Seumas foge e abandona seu próprio pai, que mantém firme sua posição e dispara contra os caçadores de *Camran*. Usando seu rifle *Raidhfil Èis 1228* para derrubar os seus agressores, até que lhe faltaram balas.

Aproveitando a janela de tempo e o fato de que seus agressores tentavam se recuperar dos ataques que receberam, ***Grannd*** barra a porta da cabana e corre pela porta dos fundos, por onde ***Seumas*** também passou.

Capítulo 03: O lago de Teeth Domhainn

Grannd aproveitou a janela de tempo que tinha e espalhou algumas tripas de cervo pela neve, distraindo o faro dos lobos, para que assim pudesse fugir com mais facilidade. O caçador desceu uma trilha antiga, existente ali desde o inicio das grandes tempestades, seguindo até o lago de *Domhainn*.

Grannd aproximou-se do lago e logo buscou esconder-se na neve, já que sua roupa se camuflava com ela. Enquanto estava escondido, ele usou o telescópio de seu rifle para investigar o campo de caçadores que havia se estabelecido logo acima do lago congelado.

Ele também percebeu que em meio aos arbustos logo abaixo de onde estava escondido, *Seumas* estava camuflado, deitado na neve, à única coisa que o destacava no meio da brancura da neve era o brilho do cano de seu rifle. *Grannd* aproximou-se lentamente dele e sem que o percebesse, o rendeu.

Após uma rápida discussão, *Grannd* não matou seu próprio filho, mas acertou-lhe na cabeça, depois de repreendê-lo. Por dez minutos ambos discutiram uma forma de fugir daquela situação, mas por causa dos lobos que ainda rondavam pela neve e uma tempestade que se aproximava, **Grannd** e **Seumas** se apressaram.

O acampamento foi construído em uma plataforma acima do lago de *Teeth Domhainn*, que antes da crise era usada para estudos paleontológicos e segundo algumas pesquisas, muitos fósseis haviam sido encontrados no fundo do lago, estes foram recolhidos para pesquisas. Os caçadores de *Camran* haviam aproveitado as instalações e seus equipamentos, rapidamente abandonados por causa do das tempestades, para terem maior vantagem naquele período de dificuldades.

Capítulo 04: A mortal tempestade

Usando suas ferramentas, **Grannd** cortou parte da cerca ao redor do perímetro do acampamento, para que os dois pudessem invadir o lugar. Assim que a tempestade iniciou-se, a visibilidade no acampamento deteriorou-se muito, fazendo com que ambos tivessem de usar os bastões luminosos da base para se orientarem.

Aproveitando a distração dos guardas, os dois driblaram a vigilância e conseguiram invadir um antigo galpão de equipamentos para pesquisa. Ali, eles analisaram sua situação e tomaram um antigo mapa das instalações, que estava dentro de caixas de suprimentos e antigas ferramentas.

Apesar da idade do material, **Seumas** conseguiu localizar um deposito de veículos e ferramentas, provavelmente ainda tinha esse propósito. Ambos começaram a discutir, seria melhor seguir pelos edifícios, ou seguir pelo exterior, através da tempestade?

Capítulo 05: Frio intenso

Grannd tomou a frente e decidiu seguir pelo frio, pela tempestade, assim não correriam o risco de serem detectados dentro dos edifícios, mas o frio poderia vir a ser o motivo da morte dos dois. *Seumas*, mais uma vez, desobedeceu a seu pai e seguiu por dentro dos edifícios, *Grannd* não perdeu seu tempo discutindo com ele, o filho já era homem, que fizesse o que queria fazer, concluiu.

Grannd tomou um motor de calor, tecnologia usada para o aquecimento do corpo do usuário, que era usado por debaixo das roupas do usuário e encontrou algumas caixas de munições com balas que cabiam em seu rifle. Respirando profundamente, *Grannd* saiu do armazém, sentindo no rosto o vendaval intenso, congelante, congelar naquela situação era fácil de acontecer, hipotermia era o mal iminente.

O caçador se guiava pelos bastões luminosos e quando o vento se tornava muito forte, prendia-se no espesso gelo do lago, para que não caísse ou sofresse algum machucado pelo forte vento. Após uma peleja terrível, ele conseguiu chegar ao deposito de veículos e ferramentas, logo se abrigando no mesmo.

Capítulo 06: Grannd e Seumas II

Grannd abrigou-se no deposito e sentou-se próximo a um barril de ferro que servia de fogueira improvisada, para se aquecer. Após cinco minutos, o alarme do acampamento foi ativado e uma comoção nas instalações se iniciou.

O velho homem prepara seu rifle e se posiciona em um lugar estratégico por trás de umas caixas de madeira. **Seumas** entra correndo no deposito, claramente os guardas e caçadores haviam notado sua invasão e estavam disparando contra ele, quase o acertando algumas vezes.

Após bloquear a porta pela qual entrou no deposito, **Seumas** buscou um meio de sair daquela situação, mas foi aí que foi abordado por seu pai:

Grannd (indignado): Eu falei para você vir pela tempestade, era muito mais seguro!

Seumas (ofegante): Deixe-me em paz velho, por que não me ajuda?

Grannd (indignado): Se eu explodir seus miolos aqui e agora eu vou estar fazendo um favor para todos nós!

Seumas (indignado): Deixe de besteira, velho! Eu acho que tem uma motocicleta com um banco de passageiros debaixo daqueles panos, espero que ainda funcione.

(**Grannd** abaixa sua arma)

Grannd (raiva): Você encontrou um manual de mecânica dentro das instalações e de repente passou a entender mecânica?

Seumas (indignado): Você sabe velho, eu aprendo as coisas bem rápido!

Grannd (raiva): Só não aprende a calar a boca!Apesar de eu ter te ensinado.

Seumas (sarcástico): Boa, velho! Agora me faça um favor, conte essas suas piadas para aqueles caçadores lá fora enquanto eu vejo essa moto.

Grannd (raiva): Você ainda vai nos matar **Seumas**, disso eu não duvido.

Seumas (sarcástico): Eu sei, mas até lá você não vai estar mais comigo velho!

(**Grannd** prepara-se para atirar em seus perseguidores através de posições estratégicas dentro do galpão)

Grannd (raiva): Garoto!

Capítulo 07: A fuga

Grannd usou suas munições e começou a matar os caçadores que se aproximavam pelos corredores metálicos e pontes da instalação. O caçador fechou o grande portão dianteiro, o de entrada para o galpão, trancando-o com uma corrente e cadeado.

Cumprindo a ordem de **Seumas**, **Grannd** subiu as escadas para o escritório do armazém, ali estava um painel eletrônico, que controlava os sistemas elétricos do prédio. O portão principal foi aberto e **Seumas** começou a tentar forçar a motocicleta e o seu motor.

Assim que conseguiu ativar o motor da motocicleta, **Seumas** chamou seu pai e estando ambos encima do veículo, fugiram pelo portão aos fundos do galpão, adentrando a tempestade, mas logo desaparecendo da vista de seus inimigos.

Capítulo 08: A passagem pela estrada de Cormag

A motocicleta foi adaptada para resistir ao frio e a neve, enquanto servia de condução rápida pelas planícies frias. O campo estava em alerta e os caçadores se organizavam para caçar pai e filho, mas a tempestade se intensificava mais e mais, tornando a movimentação dos soldados quase impossível.

Chegando ao portão principal, **Seumas** matou os guardas que ali estavam e abriu os portões, permitindo que um vendaval ainda mais intenso invadisse o acampamento. **Seumas** tomou a estrada de *Cormag*, a mais segura e movimentada, mas que protegia contra o vento, por causa das montanhas, naquele momento não havia outros loucos com coragem suficiente para tentar segui-los por aquela estrada.

Capítulo 09: Grannd e Seumas III

Seguindo pelo caminho, os homens conseguiram escapar, mas temiam o fato de ainda estarem sendo perseguidos por *Camran*, então saíram do caminho e foram pela floresta e os campos de Diarmad, certo dono de terras daquele período. Vendo que era impossível prosseguir por causa da tempestade, os dois esconderam-se dentro de uma caverna antiga, junto com seus pertences e a motocicleta.

Seumas fez uma fogueira e ambos se aqueceram enquanto organizavam seus pertences. Após um bom jantar, pai e filho conversaram:

Grannd (impressionado): Você estava faminto.

Seumas (calmo): Você também velho, mamãe teria corrigido você por comer como um animal.

Grannd (pensativo): A ultima preocupação de sua mãe agora seria o fato de eu comer como um animal.

Seumas (calmo): De qualquer forma, como vamos sair daqui, como vamos voltar para casa?

Grannd (pensativo): Ainda temos alguns litros de combustível, mas não creio que é o suficiente para chegarmos ao nosso terreno.

Seumas (calmo): Então o que? Vamos andando? Esperamos a tempestade terminar?

Grannd (pensativo): Sim, mas estas tempestades estão ficando cada vez piores. Talvez devamos ir a *Dragon's Nest.*

Seumas (incrédulo): Para o território de *Sgot*? Você acha que ele vai nos ajudar?

Grannd (preocupado): Depois da dor de cabeça que provocamos, ele provavelmente ele nos entregará a *Camran*.

Seumas (pensativo): Vamos aproveitar a moto, tomamos seus materiais e seu combustível, vamos fazer algumas ferramentas e fazer umas roupas mais apropriadas para o frio, é mais seguro.

Grannd (preocupado): Sim, parece bom. Temo, porém, que *Camran* não vai desistir de nos perseguir, então se estivermos a pé, não teremos como correr.

Seumas (pensativo): Mas se formos para *Sgot*, ele vai nos entregar a *Camran*.

Grannd (preocupado): Não exatamente garoto, eu conheço *Sgot* há muito tempo, ele me deve favores, ele tem que nos ajudar.

Seumas (preocupado): Eu espero que esses seus favores ainda tenham valor velho, se não, estamos mortos.

Grannd (preocupado): Vamos esperar a tempestade passar, então pegamos a motocicleta e vamos para *Dragon's Nest*.

Seumas (preocupado): Espero que nós não tenhamos saído da frigideira para cair no fogo velhote! Espero que não esteja errado dessa vez...

Grannd (preocupado): Não fui eu que fui pego no acampamento de nossos perseguidores...

Seumas (irritado): Tá bem, eu já não falo mais nada. Vou ver o que posso recuperar dessa moto...

(**Seumas** se levanta)

Capítulo 10: Sgot e o clã dos Lobos Perdidos

Assim que a tempestade terminou, os caçadores tomaram sua motocicleta e saíram da caverna, em direção a *Dragon's Nest*, a antiga capital. Seguindo pelas antigas trilhas das montanhas, usadas por muitos animais, **Seumas** e **Grannd** conseguiram aproximar-se da capital.

A antiga ruína havia sido parcialmente reconstruída, fortificada pelos sobreviventes, que eram militares, não somente caçadores. **Grannd** amarrou uma bandeira branca logo acima de sua cabeça, na antena de rádio que tinham retirado do veículo, o que dava a entender que os dois não representavam ameaça nenhuma.

Descendo a colina, ambos aproximaram-se dos portões, rendidos pelos rifles de seus opositores. **Grannd** identificou-se, mas já era conhecido daqueles homens, que logo os escoltaram para dentro da antiga cidade.

Mantidos em espera por alguns dias, tendo comida, bebida e tudo o que precisaram, pai e filho esperaram a oportunidade para conversar com *Sgot*.

Capítulo 11: Sgot Sgìth

Conduzidos ao escritório, pai e filho sentam-se, tomam as xícaras de café que lhes ofereceram e discutem com *Sgot*:

Sgot (impressionado): A família *Morganach*, pai e filho, as noticias sobre vocês são impossíveis de se ignorar. *Camran* já se comunicou por rádio e por telegrafo, ele esta furioso!

Grannd (pensativo): Estamos conscientes do prejuízo que fizemos *Sgot*, por isso precisamos de sua ajuda.

Sgot (impressionado): Não sou obrigado a ajudar vocês, prefiro ajudar os meus verdadeiros compatriotas a estrangeiros.

Grannd (pensativo): Não diga isso *Sgot*, eu sou seu compatriota, eu já lutei com você por muito tempo, não pode me abandonar agora!

Sgot (indignado): Ora, você sabe o porquê de termos papeladas, registros e arquivos, você quis sair após muitos anos de trabalho, apaixonou-se por uma fazendeira qualquer e pediu para deixar o serviço. Qual foi a resposta que eu lhe dei nesse dia **Grannd**?

Grannd (pensativo): "Não queira voltar ao serviço depois de ir embora, nem pedir alguma coisa!" Foi o que você falou.

Sgot (indignado): Diga-me agora: Por que eu não deveria entregar você e seu filho para *Camran* nesse exato momento?

Grannd (pensativo): Eu já fiz muito por você, mais do que apenas um serviço de guarda Sgot, não me diga que você esqueceu-se disso.

Sgot (indignado): Não sei do que você esta falando.

Grannd (pensativo): Sabe sim Sgot, arrisquei meu pescoço para conseguir o combustível necessário para os geradores dessa fortaleza. Você não tinha como pagar pelo recurso, então me chamou e mais uns três caçadores para roubar combustível do próprio *Diarmad*, sem que ele percebesse, você sabe muito bem o quanto ele iria gostar de saber disso não sabe?

Sgot (indignado): Maldito, deveria ter lidado com você que nem lidei com os outros!

Grannd (pensativo): Deixe-nos voltar para casa, cubra os nossos rastros de *Camran*, então nunca mais trarei minha família para essa fortaleza!

Sgot (indignado): Que seja, maldito, saia desta fortaleza o quanto antes, não voltem nunca mais! Você terá muito azar caso eu encontre você no campo!

Grannd (pensativo): Não se preocupe com isso *Sgot*, você não terá mais que se preocupar conosco! **Seumas**, vamos embora!

Capítulo 12: A floresta dos caçadores

Certo oficial, o qual admirava **Grannd**, separou alguns recursos para ambos e garantiu sua saída em segurança da fortaleza. Tendo como sobreviver pelo caminho, pai e filho voltaram para a floresta de onde vieram, para o seu terreno.

A floresta era densa, mas ambos conheciam trilhas pela mesma, que levavam à uma planície central, o lugar de sua casa.

Capítulo 13: Companach Morganach

Relaxados, agora que estavam seguros em casa, a família dos caçadores confraternizou entre si. A matriarca, **Companach**, que era mulher de fé, advertiu sua família sobre o perigo que os clãs de caçadores representavam, e que eles não deveriam deixar de lado a vigilância.

Grannd amava sua esposa, então a ouviu, mas **Seumas** era muito idealista, tinha sua própria visão, queria se unir aos rebeldes, próximo a fronteira das montanhas, então viajar pelo mundo, sair da terra desolada de *Irialith*, o homem era um pássaro engaiolado. Além de **Grannd**, **Companach** sempre se empenhava em pôr **Seumas** em seu lugar, mas o homem estava mais inquieto do que nunca.

Companach sempre tomava a frente de seu marido naquele momento para corrigir seu filho.

Capítulo 14: A rebeldia de Seumas

A mãe fala:

Companach (indignada): Como ousa garoto, desonrar a mim e ao seu pai?!

Seumas (enraivecido): Não me diga que a senhora esta contente em viver neste fim de mundo perdido!

Companach (indignada): Estou contente em viver com teu pai **Seumas**, no mínimo estamos juntos!

Seumas (enraivecido): Para que estar junto se nós vamos morrer juntos?!

Companach (indignada): Não seja louco *Seumas*, estamos juntos desde o inicio desta crise e nós não morremos, lembre-se que nós já passamos por coisas piores!

Seumas (enraivecido): Então por que nós temos que continuar sofrendo, por que não deixamos logo esta terra?!

Companach (indignada): Deixar esta terra? Para quê? Para pedir esmolas nas ruas de *Sultanate*?! De *Archadia*?!

Seumas (enraivecido): Seria melhor pedir esmolas aos ricos do que viver em meio aos pobres e miseráveis!

Companach (indignada): Não seja tolo *Seumas*, você não sabe o que esta dizendo, se nós dependêssemos de você nós já teríamos morrido!

Seumas (enraivecido): Se eu sou tão terrível assim, por que não me deixam ir embora, para viver minha vida?!

Companach (indignada): Nós não queremos que nosso filho morra como um tolo, apesar dele ser um!

Seumas (enraivecido): Eu vou sair desta casa, já sou homem, tenho esse direito.

Companach (indignada): Você não ousaria!

Seumas (enraivecido): É por isso que eu não aguento mais vocês, vocês sempre duvidaram de mim, nunca me deram uma chance de mostrar minhas melhores habilidades!

Companach (indignada): E seu pai levar você para o meio deste ambiente hostil, enfrentando tempestades, lobos, caçadores, para conseguir o mínimo de carne saudável para nós, não é prova de suas habilidades *Seumas*?!

Seumas (enraivecido): Não me importa, eu quero ser livre, quero sair deste país perdido, quero fazer o que eu quiser fazer e pronto, não importa o que vocês pensarem!

Companach (indignada): *Seumas*! Eu não te criei para você sair pelo mundo e morrer que nem um tolo, homem deixe disto!

Seumas (enraivecido): Chega, chega, nunca mais voltarei para esta prisão maldita, vocês nunca mais irão me ver!

Companach (indignada): *Seumas*!

(*Seumas* sai da casa, com suas coisas, tomando a motocicleta antiga de seu pai)

Capítulo 15: Grannd e Companach I

Decepcionados e frustrados, pai e mãe conversam sobre o que havia acontecido:

Grannd (indignado): O rapaz se desviou de nós!

Companach (entristecida): E você acha que eu não sei! Qual o problema deste garoto, por que ele sempre foi dado a estas coisas?!

Grannd (indignado): Eu não sei, eu não devo telo criado direito!

Companach (entristecida): Com certeza, o rapaz nunca ficou em casa para receber de mim o ensino, você só se preocupou em levá-lo em suas caçadas loucas!

Grannd (indignado): Então a culpa é minha?!

Companach (entristecida): A culpa é nossa *Grannd*! Não adiantou o nosso trabalho!

Grannd (indignado): Como não adiantou o nosso trabalho?! Nós demos para aquele imundo tudo o que ele precisou e isso não foi suficiente?! Este trabalho não foi suficiente?!

Companach (entristecida): Eu não sei *Grannd*, depois de hoje parece que não foi suficiente!

Grannd (indignado): O que aqueles rebeldes na fronteira têm a oferecer que nós não temos?!

Companach (entristecida): Liberdade *Grannd*, liberdade!

Grannd (indignado): Qual o custo desta suposta liberdade? A morte? É isso que o garoto quer?

Companach (entristecida): Não é o que ele quer Grannd, ele quer sair deste fim de mundo, quer conhecer os outros países, as outras nações do mundo como ele leu nos livros, é o que o rapaz quer, é apenas isso.

Grannd (indignado): Então por que ele colocou na cabeça de que nós estávamos o prendendo aqui?

Companach (pensativa): Porque era o que nós estávamos fazendo, porquê não demos logo ao garoto o que ele queria?

Grannd (indignado): Não acho que você gostaria de enfrentar o frio e os lobos pelo seu alimento mulher!

Companach (irritada): Não se faça de bobo homem, antes de **Seumas** nascer era eu quem te ajudava nas caçadas, sem mim, você já teria se transformado em cocô de lobo!

Grannd (indignado): Tudo bem, é verdade, é verdade, vamos dizer que eu acabei prendendo muito o rapaz, mas era para a nossa sobrevivência!

Companach (irritada): Não seja sínico, o rapaz era independente desde cedo e você sabia, sabia que chegaria um momento em que ele faria o que fez porque você nunca o deixou seguir o próprio caminho!

Grannd (indignado): Agora eu sou o culpado daquele covarde não querer cumprir com o necessário?!

Companach (irritada): O necessário era ter dado o aval para que decidisse qual caminho seguir, mas você não teve coragem e agora essa barbárie aconteceu.

Grannd (indignado): Então o que você quer que eu faça?!

Companach (irritada): Nós iremos atrás dele.

Grannd (indignado): Você acha que ele vai querer voltar depois disso tudo?!

Companach (irritada): Nós não chamaremos ele para voltar para este fim de mundo, nós iremos com ele.

Grannd (indignado): Ir com ele, abandonar nossa terra?!

Companach (irritada): A terra já se perdeu para famílias como a nossa *Grannd*, se ficarmos por mais tempo, logo invadirão esta propriedade e nos matarão, olhe lá, se não nos derem destino pior!

Grannd (indignado): Não acredito que nós vamos abandonar tudo por causa de um menino!

Companach (irritada): Não vamos abandonar tudo por causa de um menino *Grannd*, vamos abandonar por causa de nosso filho, isso se você ainda quiser ter um filho!

Grannd (indignado): Eu não acredito nisto!

Companach (irritada): Então acredite, pois se você não vier, eu irei sozinha atrás de *Seumas*! Vai ficar sem esposa também!

Grannd (indignado): Eu não posso acreditar nisto.

Companach (irritada): Você vem ou não vem comigo *Grannd*?!

Grannd (indignado): Perdi meu filho, não vou perder minha esposa!

Companach (irritada): Então passe a organizar nossos pertences, cedo partiremos para as montanhas!

Capítulo 16: Ao sul, para as ruínas de A Bha Roimhe Trench

Aproveitando-se dos poucos recursos que ambos tinham, **Companach** e **Grannd** tomaram seu caminhão de carga, já antigo, que havia sido concertado dias antes. Apesar do fato de terem de abandonar sua casa, seu terreno, o casal partiu para as antigas ruínas de guerra, as trincheiras do sul.

Apesar da dificuldade do terreno e o estado do caminhão, eles conseguiram sair da floresta pela antiga trilha de transporte, que os levava até a estrada central das planícies. A estrada era usada por *Sgot* e seus homens, já que era antiga rota comercial entre as principais cidades montanhosas, então **Grannd** e **Companach** disfarçaram-se, conseguindo enganar algumas patrulhas ao redor de *Dragon's Nest*.

Seguindo pela estrada, descendo ao sul, o casal parou em certo posto de vigia, para terem seus pertences analisados e vasculhados. Apesar de alguns momentos de suspeita e desconfiança, já que era claro que ambos estavam de mudança, os oficiais solicitaram os documentos do casal.

Companach entregou os seus documentos ao oficial, o qual ela guardava consigo, já que havia um falsificado, assim convencendo os oficiais e garantindo a passagem dos dois. Após este alivio, a viagem prosseguiu.

A Bha Roimhe Trench, antes da grande tempestade, foi palco de uma grande batalha, trincheiras foram construídas, escavadas, a fim de ser frente de ataque e acesso a capital nórdica. Segundo os registros históricos, foi pelo sul que tropas de *Sultanate* irromperam várias invasões contra os nórdicos.

Agora aquele campo de batalha se tornou em abrigo para os caçadores e aventureiros que passam constantemente pelo local.

Capítulo 17: Ao pé da montanha Sacred Creathail

Aproveitando o momento de parada naquele acampamento, o casal aproveitou a oportunidade para reabastecer o seu caminhão e checar sua rota pelas montanhas. ***Grannd*** informou-se da situação política de *Irialith* com outros caçadores, segundo estes, o antigo parlamento havia levantado várias assembleias em *Takamura* e no *país das amazonas*, pois já consideravam a possibilidade de voltarem a sua antiga pátria.

Estes eram os rumores que haviam sido transmitidos pelo rádio da época, mas que não haviam sido considerados oficiais pelas fontes governamentais. Apesar destas informações, o casal prosseguiu em seu caminho, tomando o caminhão e seguindo pela estrada da montanha de *Sacred Creathail*.

Sacred era um lugar com um grande valor religioso para os nórdicos, era considerado o lar das *Irialiths*, aves lendárias da crença nórdica, por causa disso, três cidades foram erguidas, estas tinham muita força comercial com *Sultanate*, por causa da proximidade territorial. Após a crise, estas cidades conseguiram manterem-se vivas por mais tempo, mas logo sucumbiram às hostilidades ambientais existentes.

A mais próxima do pé da montanha era a cidade de *Bhaile Naomh*, esta foi à primeira cidade visitada pelo casal.

Capítulo 18: A cidade de Bhaile Naomh

Esta era a cidade santa para os caçadores, também era considerada um grande alvo para os inimigos de *Irialith*, havia rumores de muitas riquezas escondidas ali. A cidade havia sido abandonada, mas alguns caçadores e militares estabeleceram suas bases em certos distritos da cidade, uns por zelo, não querendo ver o lugar ser desonrado ou saqueado, outros por interesses financeiros.

O casal adentrou na cidade em um distrito pacifico, dominado pelos antigos militares da nação, o exercito, que buscava manter a ordem na civilização que ainda estava de pé. Após ter pagado uma pequena taxa de entrada no distrito, ambos abrigaram-se em um antigo hotel em ruínas, a fim de descansarem, antes de seguirem em frente.

Capítulo 19: Grannd e Companach II

Estando deitados, confortáveis e seguros o casal começou a conversar:

Companach (triste): Desculpe-me.

Grannd (preocupado): Pelo que?

Companach (triste): Por ter gritado com você.

Grannd (preocupado): Aquilo lá aconteceu pelo calor do momento, o garoto nos tirou do sério.

Companach (triste): Eu sei, mas não sei porquê me deixei levar.

Grannd (preocupado): Eu também não te ajudei, deveria ter entendido a necessidade de nossa família.

Companach (triste): Nós não teríamos nada a ganhar naquele pedaço de terra *Grannd*, tomamos a melhor decisão.

Grannd (preocupado):Mas será que não foi tarde demais?

Companach (triste): Eu espero que não tenha sido Grannd, vamos conversar amanhã com o comandante deste distrito. Eu apresento uma cópia do documento do rapaz, eles veem seus registros e caso ele tenha passado por aqui, eles nos dirão.

Grannd (preocupado): Menos mal. Onde eu errei com aquele rapaz?

Companach (triste): Nós já conversamos *Grannd*, não vamos nos prender mais a isso, por favor.

Grannd (preocupado): Minha consciência já esta presa **Companach**, não consigo deixar de pensar no menino.

Companach (triste): Por favor, você não pensava assim antes, por que não falou isso ao próprio rapaz?

Grannd (preocupado): Estávamos sobre tanta pressão, não me lembrei de falar isso a ele em momento algum.

Companach (triste): Este é mais um motivo da revolta dele, nós deveríamos ter falado isso a ele, deveríamos ter esclarecido o fato de nós nos preocupamos com ele.

Grannd (preocupado): Verdade, mas será que o menino nos aceitará quando o encontrarmos?

Companach (triste): Tenho medo *Grannd*, ele é nosso único filho, não quero perde-lo.

Grannd (preocupado): Nós não o perderemos.

Companach (triste): Espero que recebamos esta benção.

Grannd (preocupado): Amém.

Companach (triste): Vamos dormir, amanhã temos que continuar em frente.

Grannd (preocupado): Boa noite então.

(O casal dorme)

Capítulo 20: Calum Brus

Pela manhã bem cedo, levantando-se e pegando suas coisas, o casal prosseguiu para o principal acampamento do exército e ali solicitou uma audiência com seu líder. O nome do homem era *Calum Brus*, era um antigo general, que administrava aquele distrito.

Sendo bem recebidos, sentaram-se em cadeiras que foram postas, tomaram xícaras de chá e responderam às perguntas do general:

Calum (impressionado): É difícil receber um casal neste distrito. Vocês são?

Grannd (calmo): Somos cônjuges.

Calum (impressionado): O que vocês desejam?

Companach (preocupada): Procuramos por um rapaz, certo jovem, aqui estão os documentos dele.

(**Companach** entrega a cópia do documento de **Seumas**)

Calum (curioso): *Seumas Morganach,* não reconheço o nome, mas acho que vi o rapaz.

Grannd (calmo): Aonde o senhor o viu?

Calum (curioso): Os homens falaram que receberam certo rapaz em uma motocicleta antiga, ele alojou-se no distrito.

Companach (preocupada): Ele ainda esta lá?! Eu não o vi!

Calum (curioso): Segundo os registros ele deixou o distrito civil há alguns dias.

Grannd (calmo): Para onde ele foi? Ele falou?

Calum (curioso): Na verdade ele falou até demais, o rapaz estava atrás de espólios, de dinheiro, tecnologia, então partiu para a antiga fronte.

Companach (preocupada): Ele foi para a guerra?!

Calum (pensativo): Ele se voluntariou como um coletor, que recupera equipamentos e armas do campo de batalha, tanto as nossos, quanto as de nossos inimigos.

Grannd (calmo): Vocês permitiram que um estranho se alistasse para isso?

Calum (preocupado): Mandamos dois supervisores com ele, mas porque essa pergunta, ele é perigoso?

Companach (preocupada): Só um pouco tolo.

Calum (preocupado): Isso é mau então.

Grannd (calmo): Deixe-nos ir atrás dele, para garantir que ele não faça uma besteira.

Calum (curioso): Quem são vocês mesmo pra se preocuparem tanto assim?

Companach (preocupada): Somos os pais dele, nós viemos atrás do rapaz.

Calum (curioso): Essa é uma baita história, é verdade mesmo? De onde vieram?

Grannd (calmo): Viemos do nordeste, aqui, veja nossos documentos. Somos todos caçadores.

(**Grannd** entrega os documentos para *Calum*)

Calum (curioso): Eu espero que vocês não estejam mentindo sobre o rapaz, mas sinto que devo ajudá-los.

Companach (preocupada): Basta que o senhor nos deixe ir atrás dele, não causaremos nenhum mal.

Calum (pensativo): Não, não, mandarei mais dois soldados meus. Aí vocês tomam o rapaz e voltam aqui, se ele tiver se comportado vocês não terão problemas.

Grannd (preocupado): É nossa melhor chance, obrigado senhor *Calum*, faremos assim.

(O casal se levanta)

Calum (pensativo): Vão para as barracas, ali os meus encarregados acompanharão vocês.

Companach (pensativa): Sim Senhor.

Capítulo 21: As frontes

Assim que se preparam, o casal foi acompanhado por dois confiáveis soldados de *Calum*, que os transportaram de caminhão para as frontes do distrito. Aqueles eram os limites entre os distritos, onde as forças militaristas engajavam em pequenos conflitos armados contra as outras facções da cidade.

Abrigando-se em um edifício que havia sido transformado em um pequeno bunker para o exercito de *Calum*, o casal passou a informar-se sobre o coletor chamado de **Seumas Morganach**.

Capítulo 22: O ataque químico

Seumas havia sido mandado para as trincheiras ao norte do bunker, onde muitos dos principais conflitos ocorriam. Segundo as transmissões de rádio, reforços e ajuda médica foi requisitada pelas tropas ali estacionadas, pois havia ocorrido um ataque com gás mostarda nas trincheiras aliadas.

O casal logo se voluntariou para ajudar os sobreviventes, servindo de reforço, por causa de seu filho, que ali operava. Sendo anexado a um esquadrão de reforço de cinquenta soldados, equipados e preparados, o casal partiu para as trincheiras do distrito.

A viagem provou ser muito perigosa, os inimigos tinham acesso a canhões de mísseis e a lançadores de cilindros de gás mostarda, os quais eles usavam para impedir o acesso dos reforços às trincheiras. Foi decidido dividir o esquadrão em unidades menores, que avançariam pelos edifícios, evitando o gás mostarda e a força dos mísseis dos canhões.

Esta tarefa provou ser muito mais difícil do que aparentava ser, mas como já estavam preparadas, as unidades conseguiram movimentar-se pelos edifícios e pelas ruínas da região. A unidade em que *Grannd* e *Companach* participavam foi mandada diretamente até as trincheiras, enquanto outras três foram mandadas pelos canais antigos em direção aos canhões de mísseis,

atrás das linhas inimigas, a fim de capturá-
los.

Capítulo 23: Os canais de esgoto

As trincheiras estavam cheias de mortos, feridos, soldados sofrendo por causa do gás mostarda, era uma visão perturbadora. A unidade passou a armar tendas médicas nas trincheiras e nos abrigos que nelas estavam e começaram a atender os feridos.

Grannd e ***Companach*** conseguiram evadir-se de seu trabalho por alguns minutos e passaram a procurar por ***Seumas***, mostrando aos outros soldados sua foto. Após alguns minutos de busca, um soldado que estava no leito disse que ***Seumas*** havia partido para coletar alguns artefatos além das trincheiras, em um canal logo abaixo, juntamente com outros dez coletores.

Conhecendo o lugar onde estava seu filho, **Grannd** e **Companach** buscaram uma oportunidade para descer até aquele canal. Um amigo que eles acabaram de conhecer durante a viagem, chamado *Ailean Barabla*, que era supervisor daquela unidade, permitiu que o casal usasse um antigo acesso de manutenção para os canais, com a desculpa de que iriam resgatar o grupo de coletores que haviam sido mandados para o canal.

Sendo liberados pelo supervisor, o casal trajou-se de roupas para proteção a gases químicos, também tomou um equipamento eletrônico para medir a quantidade de gás em cada região. Equipando-se de rifles e submetralhadoras, o casal usou a passagem de manutenção e desceu para os canais.

Capítulo 24: Por detrás das linhas inimigas

A concentração de gás mostarda naqueles canais era altíssima, o casal só sobrevivia por causa das roupas protetoras, mas mesmo assim, eles não poderiam cometer nenhum erro. Comunicando-se por rádio, ambos guiaram-se até as ultimas coordenadas daquele grupo de coletores, com a ajuda de seus supervisores e responsáveis pela inteligência daquele exercito.

Os coletores haviam sido descobertos e haviam sofrido um ataque direto de seus opositores, por causa disso a concentração de gás na área de seus ultimas coordenadas era maior do que o normal e foi isso que dificultou o progresso do casal. O grupo de coletores conseguiu escapar do local, subindo em direção às trincheiras e aos canhões dos inimigos.

Apesar do risco, o casal informou aos supervisores que iriam seguir para as trincheiras e se arriscariam atrás das linhas inimigas, já que a ultima comunicação de rádio veio desses lugares.

Capítulo 25: Grannd, Seumas e Companach I

O caos irrompeu-se atrás das linhas inimigas, o casal agia e sabotava as forças opostas, destruindo os tambores de contenção do gás mostarda, o que desencadeou o desespero das forças opostas, pois a concentração do gás passou a corroer seus respiradores. O sinal de rádio foi se intensificando em um dos edifícios que eram usados como base para a oposição, o casal tomou um dos carros de seus inimigos e antes de terem seus respiradores consumidos pelo gás concentrado, conseguiram fugir da região, indo em direção a um dos edifícios opostos.

Aproveitando o engano do exercito rival, que em meio da confusão, não havia os reconhecido como adversários, o casal usou o veículo para derrubar a parede do edifício inimigo. Aproveitando os minutos de confusão e destruição, o casal atacou rapidamente os soldados inimigos e seguiu o sinal do rádio.

Avançando por dentro do edifício, aproveitando para explodir alguns tambores de gás mostarda que eles haviam trazido consigo, pequenos o suficiente para serem carregados, eles chegaram a sala de comunicações e o casal encontrou seu filho:

Companach (nervosa): *Seumas*!

(Um inimigo ataca *Seumas* com uma faca, mas *Grannd* salva-o com sua pistola)

Seumas (ofegante): Maldito infeliz!

Grannd (nervoso): Nós te achamos garoto!

Seumas (ofegante): Eu não sei o que dizer! Não consigo falar!

Companach (nervosa): Não fale, vamos sair daqui antes que esses soldados nos matem!

Grannd (nervoso): Se eu não matar você primeiro garoto!

Seumas (ofegante): Pensei que fosse me receber melhor papai!

Companach (nervosa): Deixe suas hipocrisias garoto, vamos sair daqui antes de morrermos!

Grannd (nervoso): É melhor assim! Vamos sair daqui.

(Apesar do conflito, a família prossegue para fora do edifício)

Capítulo 26: O fim do conflito

As forças aliadas haviam avançado sobre as linhas inimigas, agora enfrentavam grande oposição e força contrária por parte da artilharia hóstil, então a família buscou desativa-la. Subindo para a posição da artilharia, a família enfrentou resistência, mas com alguns últimos tambores de gás mostarda, eles conseguiram dispersar seus opositores. Com um rápido trabalho mecânico, o sistema da máquina de artilharia foi desativado, consequentemente os aliados se viram livres para prosseguir.

Toda a zona do conflito foi fechada, somente pessoal autorizado poderia acessa-la, por causa do uso da arma química do gás mostarda. A família retornou ao bunker e descansou pelos dias seguintes.

Capítulo 27: A condecoração da família

A família teve seu esforço reconhecido e exaltado pelo exercito, por causa disso receberam certa quantia de dinheiro e alguns recursos valiosos. O mais importante foi à condecoração de guerra, que o próprio *Calum Brus* concedeu a família.

O único pedido feito por **Grannd** foi o de poder se desalistar do exercito, o que conquistou da parte de *Calum*, apesar do questionamento. Sendo preparada uma verdadeira comitiva de despedida para a família, que recebeu o seu veículo e recursos para a viagem, aquele exercito despediu-os, permitindo que eles seguissem o seu caminho.

Capítulo 28: Grannd, Seumas e Companach II

O caminho mais rápido para *Sultanate* era ao redor da montanha, pelas antigas estradas, pelas quais o casal seguiu sem hesitar, porque seu caminhão havia sido adaptado para as circunstancias ambientais. A viagem foi calma e após várias horas de travessia, eles depararam-se na estrada para a antiga *Sultanate*, que havia prosperado por todo este tempo.

Antes de prosseguirem, eles pararam em um acostamento com uma vista para as distantes planícies sultana e conversaram:

Seumas (aliviado): Podemos finalmente recomeçar!

Grannd (pensativo): Como faremos isso?!

Companach (pensativa): Vamos trabalhar nas fábricas, *Sultanate* precisa de muitos trabalhadores.

Grannd (pensativo): Não é a mesma coisa!

Seumas (aliviado): Não é para ser a mesma coisa, é por causa disso que é um novo começo!

Grannd (pensativo): Eu ainda estou duvidoso!

Companach (pensativa): **Grannd**, já conversamos sobre isso.

Seumas (corajoso): Vocês vão ver, nós vamos ganhar mais dinheiro lá em *Sultanate* do que em *Irialith*.

Grannd (pensativo): Dinheiro? Dinheiro não é o mais importante.

Seumas (corajoso): Mas para mim é!

Companach (indignada): E para mim o mais importante é vocês dois! Ora, parem com isso! O que importa é vivermos, já basta!

Seumas (corajoso): Mamãe está certa.

Companach (indignada): Cale-se *Seumas*! Essa é a nossa chance, vamos abraça-la enquanto podemos!

Grannd (indignado): Que seja então! Vamos, entrem no carro antes de congelarmos nesse frio.

Seumas (pensativo): Pensei que demoraria mais!

Companach (indignada): Cale-se *Seumas*, não piore nossa situação! Suba logo no carro!

(A família prossegue a viagem)

Capítulo 29: Epilogo

Esta é uma das histórias mais conhecidas e contadas entre os refugiados de *Irialith* que vieram habitar em *Sultanate*, dizem até que é verdadeira e que os personagens citados realmente existiram. Mas esses são só rumores.

O que é fato é que o grande inverno durou por mais duzentos anos da história de *Irialith*, quase que a dizimando por completo, enquanto que as lutas por suas riquezas não parou.